JN120611

僕の戦争／三宿小学校の学童疎開

川原基尚・川原芳子

文芸社

目次

僕の戦争

作・絵　川原芳子

一九三三（昭和八）年、僕、川原基尚《かわはらもとなお》は川崎で父角男《すみお》、母ちよの間に七人きょうだいの長男として生まれました。次男啓昭《ひろあき》が生まれた一九三六（昭和十一）年に大森に転居、その後、長女睦子《むつこ》が一九三八（昭和十三）年に生まれました。

弟の啓昭は癇癪《かんしゃく》持ちで、何かとよく泣きました、啓昭が二歳の時のことです。「消防自動車が欲しいよ」と泣きやまず、赤ん坊の睦子から手を離せないお母さんは「基尚、玩具《おもちゃ》屋さんに行って消防自動車を買ってきて」と言いました。

僕はこの時五歳。薄暗くなった道を、お金をしっかり握って玩具店へ行き、一番大きな消防自動車を買いました。そして、啓昭に「消防自動車買ってきたよ」と渡したら「こんな大きいのじゃなくて、小さいのが欲しい」と泣くのです。僕は怒って「お母さん、啓昭は殺してしまおうよ」と言ったそうです。

満州事変、二・二六事件を経て、日本が戦争の時代に突き進んでいく時代でした。社会主義者や関連団体などの一斉検挙、言論統制もありました。ヨーロッパでは、一九三九（昭和十四）年九月一日、ドイツ軍によるポーランド侵攻が始まり、第二次世界大戦に突入しました。

この年の春、僕は三宿《みしゅく》小学校に入学しました。前年の夏の終わりに、父角男は日本光学から独立して世田谷区三宿に工場「国産光学」を設立。家族で三宿に引っ越し、工場の脇の自宅（借家）に住みました。この年に、三男の健司《けんじ》が生まれています。

小学校に入学したものの、三宿に来たばかりで地元の子供たちともまだあまり馴染みがなく、当然教室には知っている顔はありません。見渡せば皆顔見知りらしく、それぞれ同じクラスになったことを喜んでいます。

僕はこのクラスで居心地をよくするためにどうしたらいいか考え、まず一番大きな奴をやっつけることにし、喧嘩《けんか》をふっかけ、殴り合いをしました。

お父さんは帰ってくるなり僕の顔を見て、「喧嘩したのか？　誰としたのか？」。僕は「同級生」と言いました。

「お前より大きいか、小さいか？」

「クラスで一番大きい子」

するとお父さんは、

「そうか、お前より小さい子や身体の不自由な子、弱い子とは喧嘩するな。そして、もし喧嘩したら勝て！」と言いました。


ある日のこと。クラスメイトがあわててやってきて僕に言いました。

「基ちゃん、やっちゃんが隣のクラスの奴らにいじめられてる！」

やっちゃんは吃音症《きつおんしょう》のため、よくからかわれたりしていました。大勢でから

ガッシーン!!

かったり、こづいたりするなんて卑怯だと思いました。

僕は隣の教室にやっちゃんを助けに行きました。後ろからクラスのみんなもついてきました。僕は「弱いもんをいじめるな」と言って、やっちゃんを取り巻いている一番大きな奴を殴ってやっちゃんを救出。教室に戻ってみんなで「えい！ えい！ おー！」と勝鬨《かちどき》を上げました。


二年生の時、教室に「川原いるか！」と上級生が入ってきました。

「なんですか？」

「お前、生意気なんだよ」

そう言うと、上級生はいきなり殴りかかってきました。とっさにしゃがんでから一気に立ち上がりパンチを入れたら、上級生は「うっ！」と唸ってしゃがみこんで、ヨロヨロと出ていきました。

「ごめんください、川原基尚ちゃんのお宅ですか」

その日の放課後、自宅に訪問者がありました。

(やばい！　学校でやっつけた奴と親だ。今日に限ってお父さんがいる！)

しかもお父さんは、「基尚の父ですが、何か……」と言いながら出てきてしまいました。

すると、おばさんが「この子の顔を見てください。こんなに腫れあがって！打ちどころが悪かったら目が潰《つぶ》れていたかもしれないんですよ！」

「基尚、どっちが先に手を出した？」

「上級生がいきなり教室に来て、生意気だって殴りかかってきたので反撃しました」

「そこの僕、違ってたら言いなさい。上級生が下級生をいじめてはいけませんぞ！」

上級生は黙って俯《うつむ》いています。するとまたお父さんは、

「奥さん、お聞きのとおりです、男の子はもっと強く育てなさい。治療費はうちで払いましょう」と言いました。親子はすごすご帰っていきました。

日本が戦争を始めて二年が過ぎました。僕は小学五年生になっていました。

戦争は勝った、勝ったと報道されているけれど、近所のおじさんが戦死したという話も聞くし、父親や叔父が戦死した級友もいました。

「軍神にならないで、帰ってきてほしい」と、つぶやく子もいました。学校全体が重い空気に覆われていました。保護者会の役員だったお父さんは、馴染みの漁業組合に頼みこんで、相模川《さがみがわ》の上流を堰《せ》き止め、魚の掴《つか》み取りを企画しました。

男子も女子も腕まくり、パンツやスカートがビショビショになるのも構わずに魚を追い回し、帰りには数匹の魚をお土産に。何とも晴れがましい、こそばゆい思いがした体験でした。

（もうこの学年には僕に手を出すやつはいない。僕は弱い者をいじめる奴は容赦《ようしゃ》しないし、いじめもしない）

それなのに、上級生のあいつが教室に来たのです。

「おい！　川原！　『月夜の晩』ばかりじゃないからな、覚えてろ！」

あいつはそう言ってドアを蹴って帰っていきました。「月夜の晩ばかりじゃないからな！」ってどんな意味だろう？　僕は考えました。その時は「復讐《ふくしゅう》してやるぞ」という意味だと、はっきりとはわかりませんでしたが、喧嘩を売られたことはわかりました。

パチンコ用のかんしゃく玉の火薬を集め、鉛筆のサックに詰めました。あいつの家を確かめ、家の門をめがけて手製の鉛筆サックロケット弾をパチンコで打ち込みました！

門の扉は半壊。すると中からあいつが出てきました。

僕は「あっかんべー！　お尻ぺんぺん」して、家に帰りました。

案の定、あいつとおばさんが家に

やってきました。

「お宅の基尚ちゃんがうちの門を爆弾で壊したんですよ。怪我人が出なくてよかったけど、どうかしています！」

「どうしてそんな危ないことをしたのか？」

お父さんが僕に聞いたので、答えました。

「だってお兄さんが教室に来て、いきなり『月夜の晩ばかりじゃないぞ』って言って脅《おど》かしたので……。やられる前にやりました」

「火薬を使ったことはやりすぎだ。謝りなさい！」

僕は渋々謝りました。するとお父さんは、

「しかし奥さん。年上の者に脅されたらどうしたら勝てるか考えた末のことですぞ。息子さんに、弱い者いじめをしないように言うことですな。壊した門は失礼ながら弁償させてもらいます」

と言い、僕には「火薬や刃物を使ったりするな！　素手でやれ、年上でも弱い奴はいるんだ」と言いました。

（この学校にはもう敵はいない、弱い者いじめする奴は僕が許さない！　しかし僕には誰にも敵《かな》わないことがある。〝勉強〟だ）

（どうして勉強よりも楽しいことがたくさんあるんだろう！）

家の近くに「鳥屋さん」がありました。お兄さんが器用な手つきで鶏をさばきます。首を捻《ひね》り、お湯に「つん、つん」と数

回つけて羽を抜き、注文通りにさばくのです。学校帰りにいつも覗いていました。するど、

「おい坊主、やってみたいって顔に描いてあるぞ。やってみるかい？」

二つ返事でやってみると、大成功！


お母さんは年じゅう学校から呼び出されていました。もちろん僕の喧嘩のことで、です。僕はお父さんとの約束を守って、弱い者、年下の者をいじめる奴にしか自分からは手を出さなかったし、素手でしか戦いませんでした。だからお母さんは呼び出されてもそれほど驚かなかったそうです。しかし先生に「基尚さんは本当にお母さんのお子さんですか」と聞かれたそうです。「基尚は家の長男です」と返事したら「三年下の啓昭さんとはあまりにも違うので……」と言ったそうです。そういえば弟の啓昭は勉強もよくできておとなしく、しかも級長でした。で

も、そんな弟を僕が守ってやっていることを先生は知らないのです。

家に戻る前、軍需工場の厨房《ちゅうぼう》に寄ります。二百人もの工員の賄いには、銀座の高級中華料理店のコックさんが腕を振るっていました。リズミカルに切る、炒める、焼く、餡《あん》を絡める、澄んだスープを張る……まるで手品だ！　見惚れてしまう、目が離せない！

作業機械が並んだ作業場にも寄ります。グラインダーでベーゴマの尻を尖らせます。これで天下無敵！　学校より面白いことがなんてたくさんあるんだろう、だから勉強する暇がないいんだ！

いつしか三宿界隈《かいわい》で、川原さん家《ち》の基尚ちゃんはどうかしているから近寄るな

と言われるようになっていたそうです。

僕が学校を居心地よくするのにやっきになっていた頃、ますます戦況は厳しくなっていきました。

親から子供を離して生産、防空の足手まといをなくすことと、空襲から学童を護り、次世代の戦力を保存するために「学童疎開」が実施されることにな

りました。五年生の夏のことです。

八月十三日夜八時すぎ、児童四百人余りを乗せた玉川電車の三宿停留所の臨時夜行電車は、身の回りの荷物を背負ったり、提灯《ちょうちん》を持ったりして児童の家族が見送りに集まったので、人の歩く隙間もないほどの人出でした。僕の家は工場だったので、工場の人たちも提灯を持って見送りに来てくれました。

この時、お母さんは、このまま僕と生きて会えなくなるのではないかと思い、涙が止まらなかったそうですが、僕たちは「親の心子知らず」で、遠足にでも行くようにはしゃいでいました。

翌朝、長野県の松本駅に着き、路面電車で横田駅へ向かい、そこから山辺《やまべ》村の宿までは歩いていきました。途中の生垣に、三宿では見かけない花（ハチス、またの名はムクゲ）がたくさん咲いていました、その時初めて「遠くに来たんだ！」と思いました。

長野に着いてから十日間ぐらいは、すべてが物珍しく、夏休みでもあったので毎日あちらこちらと「探検」しましたが、いつの間にか目的は「食べるもの探し」になりました。寮では、部屋単位の七、八人から二十数人で団体行動をするように言われていました。

朝六時起床、全員上半身裸で玄関前に横隊整列。点呼、乾布摩擦、体操、部屋の掃除、廊下の雑巾掛けをしてから朝食でした、時には、「イチニ、イチニ」と大きな声を出して旅館街を走ることもありました。寮は温泉旅館だったので、入浴はよくしました。

地元の学校の一部を借りて、三宿校の先生が三宿校の生徒に授業をしました。寮から学校まで片道約三・七五キロもあり、雨具を持っていない児童が多かったので雨の日は休校して、寮での座学になりました。雨だと屋外点呼や乾布摩擦、体操がないので皆大喜びでした。

僕たちは自由行動で松本の街にもよく行きました、買い物をしたり、映画を観たりしました。映画は「加藤隼《はやぶさ》戦闘隊」「西住《にしずみ》戦車長伝」などの戦意高揚映画でしたが、「次郎物語」を観た時の感動は今でもはっきり覚えています。しかし半月もしないうち、街に買い物に行っても駄菓子屋では寒天ゼリーやお菓子、食べられる物は品切れとなりました。その後は薬局で栄養も摂れる胃腸薬とか、チューブの練り歯磨き、時には水彩絵具まで食べたり舐めたりするほどで、とにかくいつもお腹が空いていました。

消灯になるとどこからか、すすり泣きが始まります。家に帰りたいとか、寂しいとか、お腹が空いて眠れないとか……。

僕たちは、戦争が始まる前に、飴玉、ドロップ、チョコレート、シュークリーム、バナナ、アイスクリーム、天丼やカツ丼を知っていたので、飢えるとつらい。

何をしていても、いつの間にか食べ物の話になりました。

食事はすいとん、雑炊、さつま芋がだんだん多くなり、ご飯も白飯ではなく、さつま芋、豆、豆粕《まめかす》、大根葉、大根などにお米が入った五目飯でした。おやつはほとんどが、村や集落の人たちの、疎開児童の食料不足を少しでも助けようという好意によるものでした。

稲刈りが終わった頃には、灌漑《かんがい》用の大きな溜池の水を抜いて鯉《こい》や鮒《ふな》を獲ります。大きなタモですくい、〝背負いかご〟に入れるのですが、僕たちが池に入り泥だらけになって手伝ったのでたくさん貰えました。その日の夜食は、全員に美味しい大きな鯉の旨煮がつき、僕たちは先生に褒められ、鼻高々でした。

そしてこの頃から、自然に自分たちで食料を手に入れる努力を始めました。

僕は五～六歳の頃から毎年のように祖母に摘み草に連れていかれたので多くの食べられる野草を知っていましたし、イナゴや赤蛙、マムシも食べたことがありました。宿のすぐ裏には御殿山《ごてんやま》と呼ばれていた山があり、官有林で落ち葉や枯れ枝の採集も禁じられていました。地元の人たちも入山しないので、僕たちは我が物顔で駆け回っていました。

秋には柿、ぐみ、やまぶどう、あけび、キノコが採れ、春にはノビル、セリ、カンゾウ……たくさん採って調理場に持っていき、皆の食事の足しにしてもらいました。

調理場の人に、土地の食べ物を教えてもらいました。

蜂の子、ドジョウ、タニシ、イナゴ、蚕《かいこ》のサナギ、鉄砲虫（カミキリムシの幼

タマゴ
ノビル
ツクシ
イナゴ
カエル
マムシ
コイ
ギボウシ
フキ

虫）、ヘビ、カエル、コオロギ……赤とんぼも食べました。

そのうち、調理場に持っていっても皆の食卓に出てこなくなりました。味噌、塩、空き缶等をもらい、山で収穫したものをその場で調理して下級生に食べさせたりしました。


背広を着て、半ズボンに長靴下をはいて「僕は東京世田谷から学童疎開で来ました。稲刈りの終わった畑に残っている落穂を貰ってもいいですか」と大きな声で挨拶をし、許可をもらうと落穂を拾い集めて、隠し持っていました。下級生やお腹を壊している子を山に連れていき、空き缶でご飯を炊いて食べさせました。他のグループの生徒は痩せたのに、僕のグループは体重は減りませんでした。

「基ちゃん大変だ！」

ある日、同室の繁《しげる》が飛んできました。聞くと、同室の三雄《みつお》が近くの家の柿を食べて、その家のおじさんに捕まったとのこと。

「柿の木に縛られてさ、夕方になっても許してもらえないので先生が謝りに行ったんだけどね、『地元の子は盗み食いなんかしない！　都会の子はずる賢い、先生の教育が悪い』ってさ、なかなか許してもらえなかった」

と言うのです。僕は腹が立ちました。

「あのおじさんは、この柿は渋柿で今は食べられないけど、熟して美味しくなったらあげるよって言ったんだ！　それなのに何時間も縛りつけたり、疎開の子がみんなずる賢いなんて決めつけたり……嘘《うそ》つき親父《おやじ》、見てろ！」

寮の納屋には作業道具、畑仕事や山仕事の道具、大工道具などがしまってありました。その中で一番大きなノコギリを持ち出し、あたりが暗くなるのを待って、柿の木の根元を触ったら倒れるくらいまで切りこみを入れました。

翌朝、柿の木の親父さんが「ここの悪ガキが柿の木を切り倒した」と怒鳴り込んできました。先生は何も知らないので、「さあ？　うちの生徒には切り倒せるような力も道具もないですし、他を当たってください」。

寮の作業員のおじさんは僕のほうを見てニヤニヤしていました。だって、おじさんが僕に道具の使い方を教えてくれたんだから。


ドジョウもタニシも冬の貴重な食料でした。

寒くなり、田や小川に水がなくなると、団体で冬ごもりしているドジョウを鋤《すき》や鍬《くわ》で掘り起こします。一か所で、ざるいっぱい捕れました。タニシは一個ずつ田の土の中にもぐっていましたが、小さな穴の跡を見つけて掘ると簡単に捕れました。

もとちゃん
たすけて！
おじさんの
うそつき〜〜
そかいの くそガキ!!

信濃《しなの》の冬は、東京から来た僕たちには、とても厳しいものでした。

十二月、やっと炬燵《こたつ》に火が入りましたが、炭火を補充するのは朝一回だけなので、すぐ冷たくなってしまいます。そこで僕たちは御殿山へ登り、焚き火をし、炬燵に入れる消し炭をたくさん作り、他の部屋にも配りました。


正月二日、山辺村の各家庭が疎開の全学童を、二人ずつ一泊招待してくれました。僕たちが家に着くと、すぐ温かい炬燵に入り、干し柿や蜜柑、かき餅やおせち料理、他にも色々な食べ物が出され、お茶を頂きました。それだけで満腹なのに、すぐ晩ご飯です。疎開の子供はいつもひもじい思いをしていると思って、「もっと食べれ！　もっと食べれ！」と勧めてくれましたが、僕たちは食べすぎて消化不良の下痢をしてしまい一晩中トイレに通う始末でした。

家の人が心配して薬をくれました、このことを思い出すと恥ずかしくて顔から

火が出るようです。

二月、六年生が東京へ帰る日は、吹雪で寒い日でした。見送りは僕たち五年生の男子だけでした。松本駅に着く前に空襲警報が出ました。

約二百人の六年生は、とても嬉しそうでした。見送りの僕たちは、帰りは吹雪の中を黙々と歩きました。僕たちも早く家に帰りたい。

東京に千機もの敵機が来襲と聞き、大変なことになったと、とても不安になりました。ところが山辺村にも四～五発の爆弾が落とされました。大きな火柱、大きな音、地震のような振動でした。寮から四キロほど離れた池にも落ちました。被害はありませんでしたが、もっと安全な所へ再疎開することになりました。

三宿小学校の子供たちは、松本からさらに南にある伊那《いな》に再疎開をしました。三宿校は伊那の常円寺《じょうえんじ》を本部にし、五つのお寺と一つの公会堂に分宿しました。常円寺は天竜川右岸の段丘上にあり、東は天竜川を見下ろし彼方に甲斐駒ヶ《かいこまが》岳《たけ》、仙丈ヶ岳《せんじょうがたけ》、西に木曾《きそ》駒ヶ岳を中心に中央アルプスの山々が迫っていました。

伊那での生活は、地元の人たちの家庭生活に接する機会が多く、家恋しい気持ちが強くなりました。第二次疎開で来た低学年の子がかわいそうでした。銭湯に行くらしい親子連れを見た弟が親恋しさに泣くのを、お兄ちゃんが「泣くな！泣くな」と声をかけても泣きやみません。するとお兄ちゃんは「泣くな！」と大きな声を出し、いきなり弟の頭をポカリと叩き、自分も「ワーッ」と泣き出しました。僕も、この兄弟が本当にかわいそうに思いました。

数人ずつが地元の小学校のクラスに編入され、高学年は授業だけでなく農作業、開墾、伐採、薪《まき》運びなどの作業も地元の子と一緒でした。疎開の子は地元の子に比べ力も弱く、また作業に必要な道具を持っていません。道具のない疎開の子たちは、初めはお客さん扱

いでしたが、道具を借りて一緒に働くようになりました。

薪運びの背負い子《しょこ》は地元の子も一人一台しか持ってこないので借りるわけにいきません。そのため僕たちは荒縄を使って薪を背負うのですが、不安定で肩や背中に食い込むのです。そこで次の伐採薪運びの時、僕は松の切り口を丸みを付けるように削り、丸環《まるかん》付きのくさびを打ち込み縄を通して、二人で丸太のまま引き下ろせるようにしました、家の工場で機械を使って遊んでいたのでこの程度の工夫はできるんだ！　背負うよりはるかに楽で、しかも丸太のまま引き下ろせるので、四～五人分の働きでした。地元の子も真似るようになり、「疎開っ子は、力はないが頭が良い」ということになり、ちょっと居心地がよくなりました。

作業で忘れられないのは、地元の子たちが弁当、水筒の他に「おこじょ袋」を持っていたことでした。おこじょというのは、この地方で野外作業の時の午前と午後の「おやつ」のことです。巾着袋《きんちゃくぶくろ》で、腰のバンドにくくり付けていました。中身は炒り豆、あられ、乾燥芋などでした、休憩の時、地元の子は袋を開け食べます。僕たち疎開っ子は物欲しそうに思われるのが嫌で、離れて休憩していまし

た。しばらくして一緒に作業しているＳ・Ｉが僕たち四人を呼び、一握りずつ「食え」と言って、おこじょをくれました。次からの野外作業に出る時、僕たち四人におこじょ袋が渡されるようになりました。多分地元の先生で、担任だった新谷先生が取り計らってくれたのだと思います。

Ｓ・Ｉと僕はすぐ意気投合して、よく川や野山を駆け巡って遊びました。高い樹に登って取ったムクドリの卵はきれいな緑色でした。卵は割らないように口に含んで降りること、ヘビやカエルの捕まえ方、ヤマメの手掴み、地蜂やザザムシ取り、カラマツの若い枝の皮を剝《は》いで甘い樹液をなめること、山で喉が渇いたら山ツツジの花びらを食べると良いことなど、みんなＳ・Ｉから教わりました。

常円寺には、慶道《けいどう》さんという若い尼さんがいて、僕たちの食事を作ってくれていました。いつも明るくて、誰にも優しいので、皆お姉さんのように慕っていました。自由時間には、慶道さんの働いている庫裏《くり》（寺の台所）には必ず何人もの女子や低学年の子がいて、慶道さんの仕事を手伝ったり、お話をしてもらったりしていました。僕たちは晴れていれば慶道さんとよく摘み草に行きました。

「川原君は食べられる野草のこと、よく知ってるのね」

そう言われると、僕は「おばあさんとよく摘み草に行ったから」と言いながらとても嬉しかったものです。

伊那でも食料事情は良くないので、食べられるものは何でも食べました。また慶道さんを手伝い、配給の食料や薪を運ぶリヤカーを引いたり、檀家《だんか》から頂いた食料を運んだり、水汲みや薪割りを喜んで手伝いました。慶道さんが僕たちをたべさせるために一生懸命だったことをよく知っていたからです。

土地の人の指導でジャガイモを植えたことがありました。ジャガイモの芽の周りをたくさん残して植えるように言われたけれど、芽の周り少し残しただけでも芽は育つので、僕の班は、芽の周りだけ少し残して植え、あとは食べてしまいました。それから何日かして、他の班が植えたジャガイモの芽は元気に育っているのに、僕たちの植えたじゃがいもの芽はひょろひょろと元気がないので、芽だけ植えて芋を食べてしまったことがバレてしまいました。

「先生たちは食べるものを削ってもあなたたちを飢えさせないように頑張ってるのに、なんていうことをしたのか。謝りなさい」と言われても僕は謝りませんでした。

なぜって、僕は――いや、みんなも知っていました。先生たちは別の部屋で食事をしていたけれど、僕らよりおかずも多くて、お酒も飲んでいたことを。

僕だってジャガイモの芽の周りまで食べてしまったのは悪かったと思っていたけれど、「先生は食べるものも食べず……」と嘘を言ったので僕は謝らなかったのです。

夕飯の時間になると「川原、本堂に行って反省しなさい」と言われ、僕は夕飯抜きでした。何日目かに慶道さんが袂《たもと》に隠した小さなおにぎりを僕に渡して、「早《は》よ食《く》え、早よ食え」とおにぎりをくれました。僕は男の意地を通し、先生には謝りませんでした。ただでさえ少ない食事だったので僕は痩せました。それから何日かして、先生は夕飯の時「本堂へ行け！」と言わなくなりました。そんなわけで、厳しい学童疎開の日々、慶道さんに随分助けてもらいました。

伊那の生活に慣れてきた五月二十七日、突然家からの使いが来て「お爺ちゃんの病気が悪いので帰るように」とのことでした。その時はまだ、五月二十五日の空襲で三宿の学校も街も大方焼けてしまったことは知りませんでした。

二十八日の朝食後、皆が登校した後、校長先生と慶道さん、寮母さんに見送られ、僕はお寺を後にしました。見舞いが済んだらまた伊那に戻ると思っていたので仲間の誰にも挨拶しませんでした。

明け方、新宿駅に着きました。池尻の電車通りから、焼け残った僕の家と三階建ての工場が見えました。東側は池尻からほとんどが焼け野原で、火災は僕の家の所で止まっていました。南側も三宿校を焼いた火災が僕の家の所で止まっていました。

祖父の見舞いに行きましたが、何と祖父は病気ではありませんでした。疎開先の家を焼夷弾の直撃で焼かれた祖父母はこの戦争にすっかり見切りをつけ、「死なば諸共《もろとも》」と僕をすぐに呼び戻すように父に頼んだようなのです。初めから僕を

伊那に戻す気はなかったのです。僕も戻りたいとは言いませんでした。慶道さんや伊那のＳ・Ｉ君との思い出は生涯忘れません。しかし結果として集団疎開から一人先に帰ってきたことに、ずーっと負い目を感じていました。この気持ちは敗戦の二か月後、学童疎開から帰ってきた仲間と学校で会うまで続きました。

三宿小学校は空襲で焼けてしまったので、祖父母の家から僕と啓明、睦子、健司の小学生四人は稲城《いなぎ》の坂浜《さかはま》小学校に通うことになりました。

ある時、川底を歩いて渡ろうとしたのですが、すぐ体が浮かんでしまいます。そこで僕には良い考えが浮かびました。腰に結んだ縄に石を結わえて石を川底に投げて、そこまで行ったら、また石を投げて、ついに多摩川の川底を歩いて渡ったのでした！

八月十五日、戦争は終わりました。夏休みでもあり、さっそく多摩川で遊びました。里芋の葉を日除けに、キュウリをかじりながら川にぷかぷか浮かんでいると、上空をＢ29がもちろん爆撃もせず、操縦士の顔が見えるくらいの低空飛行で飛んでいきました。

（本当に戦争は終わったんだ！）

戦争が終わったのに僕の仲間はすぐには帰ってこられず、第一次帰還の十月十七日に、仲間たちがやっと疎開先から帰ってきました。

第二次帰還は十一月六日、第三次帰還十一月九日。これで二百二十二名の学童と十九人の先生が帰って、三宿小学校の学童疎開は終わりました。

僕も弟妹も三宿の家に帰りました。三宿小学校は空襲で焼けてしまったので世

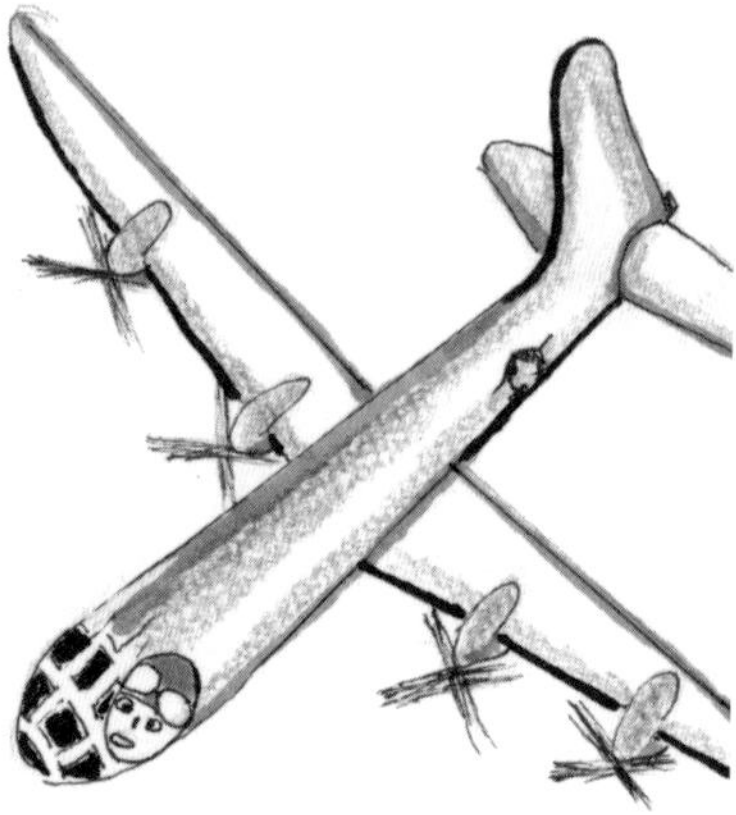

田谷中学校の教室を借りて授業を受けることになりました。

（大変だ！　僕は世田谷中の生徒を相手に喧嘩しまくっていたのに！）

でも、「いつ呼び出しがあるか、いつでも来い！」という心境でした。

すると、ついに「果たし状」が中学生から届いたのです。家に帰って気付かれぬように刀を持ち出して鞘《さや》を外し、濡らした新聞紙でくるみ、出かけました。震えがするくらい気持ちがたかぶっていました。こういうのを武者震いっていうんだろう。

指定の場所に着くと、もう敵は来ていました。僕が濡れ新聞紙をさっと抜き捨てて抜身の刀を見せると、相手はびっくりして後ずさりし、声を上げて逃げ出しました。

僕は喧嘩は強い、中学生にも負けない。食べられる野草もよく知っている。ムクドリの卵、ヘビやカエル、地蜂、ザザムシ。ヤマメは手掴み。多分ロビン・フッドにも負けない！　しかし勉強は苦手だ。

僕のお父さんは工場を経営していました。従業員は二百人の大人と、小学校を出たばかりの小僧と呼ばれる子供が数人いました。小僧さんが時々工場の隅で泣いていたのを知っていました。きっと家に帰りたいんだ。

ある時、お父さんに「話がある」と言われました。きっと成績表のことだ！僕はクラスで成績はビリから二番目だったから。

僕はお父さんの前に座りました。

「お前、このままの成績だと中学に行かれないぞ！　よその工場で小僧になるか、卒業までに一番とは言わないが十番以内を目指すか」

この時のお父さんは本当に怖かった。

「お父さんごめんなさい。勉強します」

僕は初めてお父さんに謝りました。すると、

「あと半年しかないから家庭教師をつけてあげよう、毎日先生のお宅に行って、よく勉強するように」

と言われました。

家庭教師の先生は、元学校の先生でした。秋が深まり、日が暮れるのが早くなりました。十二月になると、行きも帰りも真っ暗、街灯もありません。先生の家に通っているのを知られないように懐中電燈も持たずに通い、試験のたびに成績はどんどん上がりました。

三学期になると音楽以外はすべて優！　この時、ライバルは体操時間すべて見学で体操以外は全部優でした。僕はクラスで一番に追いつき、そして級長になりました。

昭和二十一年三月、焼けたままの三宿小学校の校庭で、立ったまま、青空卒業式を行いました。ちなみに、僕のライバルは卒業生総代でした。

僕の戦争は終わった。

三宿小学校の学童疎開

川原基尚

「Sの日記」

【昭和十九年】

八月十三日　晴

今日はいよいよ疎開する日が来た。

夜八時、三宿えきをしゅっぱつした。新宿えきを十一時半しゅっぱつした。

しゅっぱつのきてきがひびきわたった、汽車は、はしりだした。

えき員の人々が「万歳」といって見おくってくれた。ぼくたちは車窓から日の丸のせんすをふってこたへかへした。えきをとうとうはなれてきたぼくたちはなつかしいこきょうをはなれて疎開するのだ。疎開地に行ったら村の子どもにまけづ勉強し戦にかつまでがんばろうとおもった。

十四日　晴

へやをきめた、に物をほどいて品物を出した。

十五日　晴
山にのぼって松本のふうけいを見た。
十六日　晴
松本の町をけんぶつした。
十七日　晴
学校に受入式をしにいった。
十八日　晴
松本の町から、オボケおんせんをとおってまわり道をした。
二十一日　晴
家から手紙がきた。
二十四日　晴のち雨
今日の夕飯のおかづはたまごやきだった。

二十五日　晴

今日の夕飯はぞうすいであった。

二十六日　晴

今日の夕飯はすいとんであった。

二十八日　晴

家に手紙を書いた。

三十日　晴

せんたくをした。

三十一日　晴

はらをこわした。

この日記は、私と小学校（疎開も、昭和二十年五月まで）、中学、高校と一緒だったSが私に遺した疎開中の日記の書き出しの部分です。

疎開の時、私もSも五年生でした。

太平洋戦争も、開戦二年を過ぎた昭和十九年に入ると、太平洋の島々は米軍に占領され、戦況はいよいよ不利になり、日本本土の空襲が避けられない状況になりました。

昭和十九年三月には政府の疎開に対する基本的な考えが決まり、六月三十日に「学童疎開促進要綱」が閣議決定され、緊急に学童疎開が実施されることになりました。

その目的は、親から子供を離して生産・防空の足手まといをなくすことと、空襲から学童を護り次世代の戦力を保存することでした。

Sとは社会人となった後も、家も近かったし、同窓会とか共通の趣味であった渓流釣りなどでよく会っていました。

会えば疎開の思い出話になったものでした。私は、全国で四十万人といわれる学童疎開は、学童の特異な戦争体験であり、悲惨な戦争を再び起こさないためにも学童疎開の記録をしっかりと残すべきだと思っていました。ですからSともよくそういう話をしていました。

Sは平成十五（二〇〇三）年の四月の初めに病死したのですが、その月の末にSの弟が来て（彼も疎開で一緒でした）、

「兄の遺品の整理をしていたらこんな物が出てきた」

と持ってきたのが、茶封筒にただ「川原」と書かれたこの日記だったのです。

私も疎開中、日記を書いていたのですが度重なる移転で、どこかに紛れ込んだのか、誤って処分してしまったのか見つからなくなってしまい、そのことをSに話したことがあります。それをSが覚えていて私に遺してくれたのだと思いました。

このたびの「疎開の体験」を書くにあたっては、「Sの日記」を時系列に紹介し

ながら、それに私の記憶と若干の説明、時代背景を加えることにしました。

日記はB5判ノートに、昭和十九年八月十三日から敗戦二か月後に帰京した二十年十月十八日まで、四十八ページ書かれています。途中二十年五月九日から六月十五日まで四十八日間の空白がありますが、この期間を除いては毎日書かれています。

空白の理由は不明で、中断の前後の日記には中断の理由を伺《うかが》わせる記述はありません。

なお日記の引用は旧漢字は当用漢字に、明らかな誤字脱字以外は原文のままにしました。

別に手紙の下書きが四通分あり、いずれも八月中に書かれたものです。

手紙の下書きの一つを紹介しておきます。

私はあの八月十一日の日、別れの式の時の校長先生の訓示をよく守り、体を充分に練へ（ママ）勉強や勤労奉仕に努力して銃後をまもり勝抜く日までは御父さんにも御母さんとも逢ふ事などは忘れて集団疎開の規則をよく守り少年軍隊に入隊した覚悟で一生けん命勉れいして早く大きくなって敵米英を必ず撃滅し天皇陛下に忠義をつくし御国の為に働き一日も早く大御心を安んじ奉り給ふ事をゆめにも忘れません。

先生に御恩返しをする事を今から御約束いたします暑さ厳しき折り、先生には充分御身に御気付けなされ航空機増産におはげみ下さい、末筆ですが園長先生によろしく御伝へ下さい　8月　日　ＨＭ

市川先生へ

この手紙は兄弟が連名で、かつてお世話になった幼稚園の先生に宛てたものです。

【湯の原温泉】

私たち世田谷区立三宿国民学校の疎開はまず縁故疎開から始まりました。縁故疎開に行かなかった四年生から六年生の男女、約四百三十余人が集団疎開に行くことになりました。

疎開先は、長野県東筑摩郡山辺村湯の原温泉（現松本市美《うつくし》ヶ《が》原《はら》温泉）でした。

この地区には三宿校の他に中里校、上北沢校、桜丘校、計約千人の疎開学童が十数軒の温泉旅館に分宿しました。

湯の原温泉は松本駅から東に五キロメートル強。

温泉地の背後には美ヶ原から西へ浅間温泉にいたる長大な尾根が延びていま

す。

宿のすぐ裏にはこの尾根から南に派生した支尾根上に御殿山があって、よく登りました。

浅間温泉から山裾の道を湯の原温泉の方向にたどると県営グラウンドがあります。さらに山裾の道を行くと、御母家《おぼけ》湯の原、藤井と温泉が続き、これを総称して山辺《やまべ》温泉と言っていました。さらに山裾を進むと入山辺《いりやまべ》、扉鉱泉《とびらこうせん》と続き、道は美ヶ原に登っていきます。宿の前方、西は田畑が何処までも続き、よく晴れた日は松本盆地のかなたに北アルプスが見えました。

前山は左から大滝山、蝶岳、常念岳、オテンショウ（大天井）岳でその後ろに一際高く聳えているのが穂高、槍ヶ岳、燕岳だと土地の人に教わりました。乗鞍《のりくら》も御嶽《おんたけ》も見えました。

大きくなったら、いつか登ってみたい——と思いました。

【出発から到着】

話を出発の八月十三日に戻します。

夜八時すぎ、玉川電車の三宿停留所付近は大変な騒ぎでした。確か二〜三両の臨時電車は身の回りの荷物を背負ったり持ったりした児童で満員でした。児童四百余人の家族が見送りに集まったので、車どころか人の歩く隙間もないほどの人出でした。

家名とか店の名を書いた提灯《ちょうちん》を持った人がたくさんいて、出征兵士の見送りのようでした。私の家も工場だったので、工場の人たちが提灯を持って大勢見送りにきてくれました。電車が動き出すと子供の名前を呼んでいた人たちから「万歳、万歳」の大合唱が起こりました。

三宿から池尻に下る坂の途中にも、池尻の停留所のあたりにも、提灯を振って送ってくれる人がいました。

戦後もだいぶ後になってから聞いたのですが、この時母は、ふとこのまま私と生きて会えなくなるのではないかと思い、涙が止まらなかったそうです。

気丈で、ついぞ涙など見せたことのなかった母のこの言葉に、疎開地での、ただ諦め、哀しみに耐えた日々を思い出しました。一方、その時の私たちは、親の心、子知らずで、遠足にでも行くようにはしゃいでいました。

翌朝松本駅に着き路面電車で横田まで行き、そこから宿まで歩きました。途中ハチス（ムクゲ＝その時は名を知りませんでした）の生け垣に花がたくさん咲いていました。当時三宿の町では見掛けたことがなかった花なので、その時初めて「遠くに来たんだ」と思いました。

【疎開の生活】

Sの日記でも明らかなように、着いてから十日間ぐらいはすべてがもの珍しく、夏休みでもあり、毎日あちらこちらと「探検」しました。そのうち探検は「食べられるもの探し」になりましたが、よく寮（宿は正式には「学寮」ですが児童は単に寮と呼んでいました）か部屋（班）単位の団体で行動するように言われていました。男子だけ、七〜八人から二十数人のグループでした。

寮の生活は、起床から消灯まで規則がありました。六時起床（十一月半ばからは六時半）。床を上げ、全員上半身裸で玄関前の道に横隊整列。点呼をとり、乾布摩擦と体操をして部屋に戻り、部屋の掃除と廊下の雑巾掛けをしてから朝食でした。

時には、体操の後「イチィニ、イチィニ」と大きな声を出して旅館街を走ることもありました。

温泉だったので、決められた時間でしたが入浴はよくしました。消灯は八時でした。学校は松本市街近くの清水国民学校の教室を借りて、三宿校の先生が三宿校の生徒に授業をする方式でした。

運動会とか、紀元節（現在の建国記念の日）の式とか、予防注射などは地元の子と一緒でしたが、ほとんど交流はありませんでした。

学校までは片道約一里（三・七五キロメートル）もあり、雨具を持っていない児童が多かったので、雨や雪の日は休校して寮での座学になりました。雨だと屋外の点呼や乾布摩擦、体操がないので朝の雨は皆大喜びでした。

それから、よく大きな声で軍歌を歌いながら行軍をしました。

「行軍」は夜のことも、早朝のこともありました。

自由行動で松本の街にもよく行きました。買い物をしたり、映画を観たりしました。映画は学校行事でも観ました。皇国少年たちは「加藤隼《はやぶさ》戦闘隊」「西住《にしずみ》戦車長伝」など、戦意高揚映画に心を奮いたたせたものです。

だが偶然入った映画館で「次郎物語」を観た時の感動は今でもはっきり覚えて

います。

御殿山でのたきぎ拾いもよくしました。調理場で炊飯に使いました。

二手に分れての泥合戦、冬は雪合戦。

疎開校どうしの喧嘩（なぜか地元の子とは喧嘩しませんでした）、それと疎開の全期間を通して空腹を抱えながら、何しろよく歩きました。

学校は往復七キロメートル、松本の街は往復十キロメートル、行軍は短くても十キロメートル以上ありました。悪天候の日以外は、毎日のようにこのくらいは歩きました。この他に野山を駆けまわっていたのです。

私は、この歳までどうにか山を歩けるのはこの頃、足を鍛えた賜物かも――と思うことがあります。

「Sの日記」

九月十一日　晴

清水国民学校の入校式に行った。

十四日　晴

学校で初めて勉強した。

二十日　晴

けいかいけいはうがはつれいした。

二十二日　晴

学校で運動会があった。

二十三日　晴

今日はしゅうきこうれいさい※でお菓子が配給になった。

十月八日　晴

今日は日曜で山に栗給いに行った。

九日　晴

今日は、村の青年団の人々がかきをきふしてくれた。

十七日　雨

今日、かんなめさいで朝しきをした。祭日なので学校は休みだった。りんごがはいきゅうになった。

十八日　曇

今日の夕食はパンであった。

二十日　晴

今日の夕食はさつまいもであった。

二十一日　晴

今日の昼食はさつまいものぞうすいであった、そのたびに家を思いだす。

二十七日　雨

さつまいものごはんであった。

三十一日　晴

今日の夕食はさつまいものだいようしょくであった。

※筆者注・秋季皇霊祭……秋分の日に、天皇が皇霊殿で歴代の天皇・皇后・皇親の霊をまつる儀式

【社会の情勢】

私たちが疎開をした昭和十九年夏から秋にかけての社会情勢を、当時の朝日新聞の見出しで見てみました。新聞用紙が不足していたのでしょう。夕刊はなく、朝刊も週二日ほどが四ページで、後は二ページの新聞です。

●七月十九日一面
「サイパンの我部隊全員壮烈な戦死」——在留邦人も概ね運命を共に——
●七月二十一日一面
——十八日閣議で辞表取纏め——「東条内閣総辞職す」
●八月十四日二面
「疎開部隊は続々とゆく」と中里校、三宿校の出発を報じています。
●八月二十一日一面
「敵機九州、中国西部へ来襲」六十機。
●八月三十一日一面
「パリ遂に陥落す」
●九月十三日二面
「学童疎開は八月四日に第一陣が出発して以来、十二日で二十二万五千人を送りだし輸送計画を終了した」

●十月一日一面

「大宮島（筆者注・グアム）、テニアン島全員壮烈な戦死」——在留同胞共に散華——

●十月二日二面

（疎開児童に対する面会が十月一日に解禁されたのをうけて）

——考えさせられるくじ面会——「抱き合ふ友に離れ　黙って本読む子」

●十月十二日一面

「沖縄、宮古、奄美大島へ敵機」——艦載機延べ四百機四次に互《わた》り来襲——

●十月十九日一面

「太平洋全域に互り敵総反攻の公算大」——マッカーサー出撃の機を窺う——

●十月二十二日一面

「レイテ湾の敵上陸開始」

●十月二十五日一面

「敵空母に体当たり撃沈」

「神鷲の忠烈萬世に燦たり」

「神風特別攻撃隊※敷島隊員」

※筆者注・「神風特攻隊」の名が大見出しに出てくるのは初めて

【家恋しさと飢え】

Sの日記には、全体を通して「家に帰りたい」とか、「淋しい」とか、「お腹がすいた」というような記述は一行もありません。なぜ日記に書かなかったのでしょうか。私も書きませんでした。それは第一に、家に出す手紙や葉書は先生に全部検閲されていましたから、当然日記も先生に見られることがあるだろう——

ということ。

第二には、「戦争なのだから我慢しよう——」と思うように教育されていたことです。「贅沢は敵」「欲しがりません勝つまでは！」と教わりました。

実際にはどうだったのでしょうか。

疎開して間もない頃は、消灯時間になって電灯が消えると、どこからか、すすり泣きが始まります。するとあちこちで忍び泣きが起こります。皆、恥ずかしいので布団を頭から被って声が漏れないようにするのですが——なかなか眠れませんでした。

家が恋しい気持ちは疎開期間を通じて強いものがありましたが、それでも一～二か月も経過すると、夜、泣くようなことは少なくなりました。しかし空腹のほうはますますひどくなりました。すいとん、雑炊、さつま芋の食事がだんだん多くなりました。ご飯も私たちは、ひそかに「五目飯」と言っていましたが、麦、さつま芋、豆、豆粕《かす》、大根葉、大根などにお米が入る「五目飯」です。おかずも野菜中心で、肉や魚はめったに食べられませんでした。何よりも量が足りませんでした。

Sの日記には「おやつ」の記述が多いので数えてみました。

十九年八月　三回
　九月　六回
　十月　九回
　十一月　八回
　十二月　十四回
二十年一月　十二回
　二月　五回
　三月　六回

四月　　七回
※五月　　二回
※六月　　二回
七月　　二回
八月　　なし
※五月は九日まで、六月は十六日から月末まで

おやつはほとんどが近隣の村や集落の人たちの、疎開学童の食料不足を少しでも助けようという好意によるものでした。

婦人会や青年団の人たちが慰問団としてよく訪問してくれました。その頃は農村でも食料が充分にない時代でした。大勢の疎開の児童に食料を寄贈するのは大変なことだったと思います。後に、本当にありがたいことだったと感謝しました。

当時は慰問の人たちが来てくれるのがそれは楽しみで毎日期待していました。

慰問の品は土地柄、秋は果物が多かったと思います。リンゴと柿をよく貰いました。リンゴは一個貰えると大喜びでした。あとはふかし芋、干し芋、煎り大豆、あられなどでした。ふかし芋は一切れ、干し芋は一枚か二枚、煎り大豆はお猪口一杯でした。よく噛んで、大事に食べました。

大きな鯉をたくさん貰ったことがありました。県営グラウンドの近くに灌漑用の大きな溜池（氷が張るとスケートをしました）があって、何年おきか、稲刈りが終わった頃、池の水を抜いて放してあった鮒や鯉を獲るのです。水が少なくなった池に地引き網をいれ、鮒《ふな》や鯉を集めて大きなタモですくい、背負い籠に入れました。村の人たちに配られるのですが、私たち五年の腕白《わんぱく》組が池に入り泥だらけになって手伝ったので三宿校は特にたくさん貰えました。その日の夜食は全員に美味しい鯉の大きな旨煮がつき、いつも叱られている腕白組が先生に褒められて鼻高々でした。

十月くらいまでは松本市街に行き、あちこち探すと、食料というか、口に入れられる物をどうにか買うことができました。所持金は一円以下と決められていましたが、多くの子がそれ以上持っていたと思います。私は十円持っていました。当初は赤く染めた、うす甘い寒天ゼリーのようなお菓子がありましたが、たちまち品切れになりました。その後は、薬局でパパゼリーとかママゼリーだとかいうのを買いましたが、これもすぐなくなりました。ワカモトとかミクローゼという整腸・栄養補給用の錠剤の大瓶を、一晩で食べてしまう子もいました。

十一月に入るとこれらの物も買えなくなったと思います。チューブに入った練り歯磨きをすこしずつ舐めると「スーッとして甘くて美味しい」と言う子、水彩絵の具の白が甘いと言う子がいると、皆すぐ真似ました。

私たちの年齢は、太平洋戦争以前の、飴玉、ドロップ、キャラメル、チョコレート、シュークリーム、バナナ、パイナップル、大福、饅頭、アイスクリーム、天丼やかつ丼を知っていました。それだけに飢えるとつらいものがありました。何をしていても、いつの間にか、必ず食べ物の話になり、いつも右に挙げたような「食べたい食べ物」の名が出てきました。とめどなく話し、一層お腹がすいて、悲しくなりました。食べる物が今より、もっと少なくなったらどうなるのか――と恐れました。

疎開して半月も経たないうちに、ごく自然に自分たちで食料を手に入れる努力を始めました。私は五〜六歳の頃から父方の祖母に、毎年のように摘み草に連れていかれていたので、疎開当時、すでに多くの野草が食べられることを知っていました。イナゴや赤蛙やマムシも食べたことがありました。この経験が役に立ちました。寮の左右前方は見渡す限り田畑と縦横に流れる小川。後ろは浅間温泉から美ヶ原に至る十キロメートル以上の範囲と山。これが私たちのフィールドです。特に「御殿山《ごてんやま》」は官有林で、落ち葉や枯れ枝の採取も禁じられていましたから、地元の人たちはあまり入山しませんでした。しかし私たちは自分たちの山のように我が物顔に駆け回っていました。秋には、くるみ、栗、柿、秋ぐみ、やまぶどう、あけび、きのこがとれました。

山・野草は春の幼芽を食べる物が多いのでそれほど種類は取れませんでした。それでも、ノビルの玉、セリの柔らかいところ、カンゾウの地中の部分、クズフジの蔓先などたくさん取って調理場に持っていき、皆の食事の足しにしてもらいました。

御殿山はきのこがたくさん出ました。とくに地元の人がジコウボウ（いぐち科）と呼ぶきのこは夏の終わりから秋遅くまでたくさんとれました。美味しいきのこでよく味噌汁に入れてもらいました。雨が二～三日続いた後などは調理場の人から「今日はジコウボウがたくさん出ているよ！」と催促されるようになりました。

調理場の人たちと仲良くなり、土地の食べ物についていろいろなことを教わりました。

植物性の食べ物だけでなく、信州特産のスガリ（蜂の子）、ドジョウ、タニシ、イナゴ、蚕《かいこ》のサナギ、鉄砲虫、などです。

その後、ヘビ、カエル、コオロギ、アカトンボまで食べました。

調理場の人たちと仲良くなって少量の塩、味噌などを貰えるようになり、山で調理するとき随分助かりました。

蚕のサナギは昔から食べる習慣があったようです。慰問団の人たちが持って来てくれました。独特な臭いがありましたが、甘辛く煮てあって結構美味しく食べました。

鉄砲虫はカミキリムシの幼虫で、薪《まき》の中に巣くっていて、薪を割ると出てきました。大きなもので四〜五センチありました。焼くと膨らんで、「プー」と音がすると食べられました。これは香ばしくて美味しいものでした。

ドジョウやタニシはよく捕りました。

もちろん、田や小川に水がある時も捕りましたが、秋が深まり、田や小川に水がなくなってからが本番で、冬の貴重な食料でした。

ドジョウが集団で冬ごもりしているのを鍬《くわ》で掘り起こすのです。うまく当たると一か所で、ざるいっぱいに捕れました。タニシは一個ずつですが水の落ちた田の土の中にもぐっていました。穴のかすかな痕跡を見つけて掘ると簡単にとれました。

【寒さと病気】

信濃《しなの》の秋は短く、すぐ厳しい寒さがやってきました。

Sも日記に「十一月十四日　晴。今日の朝の温度は初めて零下二度にさがった」と冬の到来を書いています。

生活環境の激変、栄養不良による体力の低下。それに厳しい寒さが追い打ちをかけたのでしょう。疎開してすぐ、目やにで朝、目が開かないような眼病、吹き出物、疥癬《かいせん》、水疱瘡《みずぼうそう》が流行しました。

寒さが来ると、もともと体が弱かった子はすぐ風邪を悪化させたりして、松本市立病院に入院する子が増えました。

私はごく最近知ったのですが、この湯の原にいた間（二十年四月十日まで）に四人の学童が亡くなっていました。

昭和三十八年か九年に、三宿小の学童疎開を体験された先生方四人が「疎開地の生活」という特別座談会をされています。そのまとめの記録に〔病気・死〕という項があります。

一部を以下に紹介します。

「ここにいる間についに4名の死者を数えてしまった。本来なら失われなくてすんだ命である。

病院の霊安室でお通夜をすまし遺体は手引きの霊柩車でお寺まで引いていって火葬に付した。冬の寒い夜は到底、寺で待つわけにいかず、旅館に引き返して待機、夜の明けるのを待って翌朝、凍てつく手に竹箸を持って骨揚げをした。本当に辛いことであった」


私はこの記録を読んだ時愕然としました。

同じ疎開の仲間が死亡していた。それも四人もです。

全く記憶がありません。Sの日記にも全く書かれていません。

私は、いつか疎開のことを記録したいと思っていましたので資料も集め、疎開を共にした友に会うとよく疎開の話をしましたが、一度も仲間が死亡した話が出たことはありませんでした。

多分、先生方は子どもたちが動揺するのを恐れ、知らせなかったのだと思います。

この子は、友達の見送りも受けないで旅立ちました。

お父さん、お母さんとは会えたのでしょうか。痛ましい限りです。

病気ではありませんが、霜焼けと虱《しらみ》が大変でした。

松本地方の冬は、雪は比較的少ないのですが寒さが厳しく、一度降った雪は春近くまで残りました。

冬の朝は温泉のお湯で雑巾掛けをするのですが雑巾がすぐバリバリに凍る寒さでした。

霜焼けは、体質や栄養状態にも関係あるようですが、防寒具が不足の上、防寒性に問題があったと思います。多くの子がやられました。ひどい子は皮膚《ひふ》が崩れ化膿が肉のほうにまで進み本当につらそうでした。

霜焼けくらいでは病院の治療を受けさせてもらえないので、自分たちで薬局で勧められた「トフメル」という軟膏を買ってきて治療しました。

それと虱です。

寮母さんが下着を洗濯してくれるのは一週間に一回くらいで、それに冬は天気が良くても洗濯物が乾くのに三〜四日かかりました。

いったん虱にたかられると、卵は洗濯しても死なないので、着替えが少なく、一週間も下着を着続ければ虱はどんどん増えました。

虱は夜、冷たい布団に入って、やっと温かくなってきた頃モゾモゾと活動を始めるのです。虱に食われると痒くて眠れないだけでなく、掻いた皮膚が化膿して皮膚病のようになりました。

女子は衣服だけでなく、頭にも虱が付き、大変だったようです。

「Sの日記」

十二月五日　晴

今日から僕たちのすきなこたつがはいった。

十三日　雪

初雪がふった、三時におやつが出た。

二十四日　晴

どじょうを取りに行った。

三十一日　晴

今日たきぎひろいがおわってどろ合戦をした。

昭和二十年一月

一日　晴

朝おぞうにでおもちが五つはいっていた。
学校で式をした。

二日　晴

今日のうかの家へ行った、そしてごもくめしや、おしるこをたくさんたべた。

三日　晴

朝かへる時、おみやげにおもちをもらって来た。

十九日　晴

松本城のほりでスケートをした。

二月十一日　晴れ

今日紀元節で全員午前中に学校へ行って式をした、後に皇后陛下からいただいた御菓子と御歌の式をした。
昼食はごもくめし、三時に御菓子とおせきはんが出た。

十六日　晴

今日午後三四五年は学校へ行った。東京に艦さい機約千機来しゅうしたときいた。

二十一日　晴

六年生がかへるのでがくげい会をした。

二十五日　雪

六年生がかへるのでおくりにいった、途中空しゅうがでた。

【朝日の紙面から】

●十一月八日一面

「B29二機また侵入――関東地区を偵察」

●十一月十七日二面

――集団疎開学童に福音――「先生、寮母を増員」

●十二月四日一面
――Ｂ29、十五機を撃墜――「帝都付近約七十機来襲する」
●十二月二十三日一面
「名古屋付近を主にＢ29百機内外襲来」
●十二月二十七日二面
――疎開学童に数々の贈り物――「温かく楽しいお正月を」
昭和二十年
●一月元旦一面
「比島戦局まさに危急」
●一月十日一面
「関東、東海道、近畿にＢ29、六十機来襲」
●一月十一日一面

「ルソン島に敵上陸開始」
●一月二十八日一面
「帝都にB29約七十機」
●二月七日二面
「元気で帰る卒業疎開児」――新三年の疎開始まる――
●二月二十一日一面
「硫黄島へ敵上陸開始」――我が部隊激撃激戦中――
●二月二十六日一面
――約百三十機の主力雲上より帝都盲爆――「B29、機動部隊と呼応来襲」。――関東地方に艦載機六百機――

やっと掘り炬燵に火が入ったが炭火は朝一回だけなので、すぐ冷たくなってしまいます。そこで私たちは御殿山に登り、穴を掘り盛大な焚き火をし、消し炭をたくさん作りました。もちろん、各部屋に配りました。

正月の二日、山辺村の各家庭が疎開の全学童を二人ずつ、一泊招待してくれました。

二日の午後、私は六年生のＩ君と、Ｋさんという家に招待されました。家に着くと、すぐ温かい炬燵で干し柿や蜜柑、かき餅や正月の煮物、他にも色々な食べ物があってお茶を頂きました。

それだけで満腹になってしまったのに、すぐ晩ご飯です。疎開の児童が、いつもひもじい思いをしていると思って「もっと食べれ！　もっと食べれ！」と勧めてくれたこともありましたが、二人とも気持ちが悪くなるほど食べ、てきめん消化不良の下痢をしてしまい、夜半から朝にかけて交代でトイレに通う始末でした。

家の人が心配して薬をくれました。のちのちまで、この時のことを思い出すと文字通り顔から火が出るような恥ずかしさを感じたものです。

スケートは下駄にブレードを付けた「下駄スケート」を借りて滑りました。

六年生が帰る日は吹雪で寒い日でした。見送りは確か五年の男子だけだったと思います。

松本駅に着く前に空襲警報が出ました。警戒警報はこれまで何回か出ましたが、空襲警報は初めてでした。

約二百人の六年生は皆嬉しそうでした。見送りの帰りは吹雪の中を皆、黙々と歩きました。

六年生が羨ましい。家に帰りたい。来年の二月までは永すぎる——と皆思っていたと思います。

雪は翌日まで降り続き、五〜六十センチも積もりました。

東京の空襲も心配でした。十二月頃から、何回か空襲を受けているが被害は少ないと聞いていました。それでも東京に千機もの敵機が来襲した、と聞いたときは大変なことになったと、とても不安になりました。

ところが、東京の心配どころか三月二日の夜、山辺村に四~五発の爆弾が落とされ、大きな火柱が上がりました。大きな音と、地震のような振動でした。

寮の目の前のように感じましたが、四キロメートルほど離れた池に落ち、幸い被害はありませんでした。

こんなこともあり、もっと安全な所へ再疎開ということになったようです。

【再疎開】

「Sの日記」

三月十九日

三年生来る。

二十二日

新しく来た人の荷物をほどいた。

四月八日　晴

再疎開をするから荷物を作った。

十一日　晴

今日、伊那へ再疎開をした。

十六日　晴

今日、伊那の学校へ入校式に行った。

十九日　雨

三時からお湯にいった。

二十三日　晴

弁当を持って学校へ行った。

三十日　晴

とこやへいった。

五月一日　晴

作業にいった、桑の皮むき。

五日四日　晴

皮むき（桑の）にいってごちそうをたべた。

※筆者注・五月九日から六月十六日まで記入なし

【朝日の紙面から】

● 三月五日一面

——昨朝、百五十機で——「B29帝都盲爆」

●三月十一日一面
――B29、百三十機　昨暁――「帝都市街を盲爆」（筆者注・十万人もの焼死者が出た、東京大空襲）
●三月十五日　二面
――主要都市は授業停止――「学童疎開を徹底強化」――一・二年生も強力勧奨
――
●三月二十二日　一面
「硫黄島遂に敵手へ」
――壮烈全員総攻撃――
●三月三十一日　一面
「沖縄本島に船団近接」――艦砲射撃逐日激化す――
●四月二日　一面

「沖縄本島に敵上陸」

●四月十四日　一面

「ルーズベルト急死」

――新大統領にトルーマン昇格――

●四月二十一日　一面

――ベルリン攻防の火蓋切らる――　「欧州最後の決戦」

●四月二十五日　二面

「日本民族抹殺の非望」――大都市爆撃十二回、全土焼土化狙う――

「七十七万戸を焼失、戦災者三百万人」

●五月四日　一面

「ベルリン陥落」

●五月九日　一面

「独の全軍降伏す」
——欧州戦遂に終了——

●五月二十七日　一面
——B29、約二百五十機——「帝都を無差別爆撃」
※筆者注・在京各新聞社も罹災したのか、二十五日の大空襲を〈共同新聞〉として朝日・東京・日経・毎日・読売の各社連名で二十七日に発行している

三宿校は、伊那《いな》の常円寺《じょうえんじ》を本部に、五つのお寺と一つの公会堂に分宿しました。

常円寺は天竜川右岸の段丘上にあり、北隣は伊那国民学校。東は天竜川を見下ろし、彼方に甲斐駒ヶ岳《かいこまがたけ》（地元では東駒）、仙丈ヶ岳《せんじょうがたけ》から南に連なる山々。北側は墓地の裏から田圃《たんぼ》と林でした。

西は境内《けいだい》の大きな樹木に眺望を遮られていましたが、ちょっと外れると木曾《きそ》駒ヶ岳（西駒）を中心に中央アルプスの山々が迫っていました。

南は山門の階段を下り、さらに坂道を右へ下っていくと十分も歩かないで伊那町の中心でした。銭湯も理髪店もこの通りにありました。

常円寺は長野県では縁起の古い曹洞宗の大きなお寺で、広い境内をもっていました。

私たちの学寮は百畳もある講堂で、一年から六年まで男女約八十人がここで生活しました。

伊那に行ってからは散髪もお風呂も、町の理髪店、銭湯に行くようになりました。銭湯は一週間に一回くらいだったと思います。

学校に弁当を持っていくようになったのも伊那に来てからのことでした。弁当を持たせるために、寮母さんたちは苦労されたことと後に思いましたが、当時は地元の子たちの前で広げるのは恥ずかしいほどの量と質でした。

伊那での生活は、湯の原と違い、地元の人たちの日常の家庭生活に接する機会が多くなり家恋しい気持ちがつのりました。

特に二次疎開で来た低学年の子がかわいそうでした。

桜も終わったある日の夕暮れ時、何人かで山門の石段に腰を下ろして下の道を通る人を見ていました。その中にたしか四年生と二年生だった兄弟がいて、弟のほうが急に泣き出しました。銭湯に行くらしい親子連れを見たようです。

お兄ちゃんが、弟に「泣くな！　泣くな！」と何回も声をかけていましたが、弟はなかなか泣き止みません。

するとお兄ちゃんは「泣くなー！」と、大きな声を出し、いきなり弟の頭をポカリと叩き、自分も「ワーッ」と泣き出しました。

私は、自分も同じ立場でしたが、この兄弟が本当にかわいそうだと思いました。

学校では数人ずつクラスに編入され、高学年は授業だけでなく農作業、開墾、伐採、薪運びなどの作業も地元の子たちと一緒でした。私たちにとってこれらの作業はすべて初めて経験するものでした。疎開の子は地元の子に比べ力も弱く、またそれぞれの作業に必要な道具を持っていませんでした。地元の子は家から、作業に必要な背負い子《しょいこ》、鉈《なた》、鋸《のこぎり》、鍬《すき》、鎌などを持ってきていました。

道具のない疎開の子たちは、初めお客さん扱いでしたが、間もなく道具を借り、頑張って一緒に働けるようになりました。

ただ薪運びの背負い子だけは、地元の子も一人一台しか持って来ないので借りるわけにいきませんでした。

私たちは、荒縄で薪を背負うのですが、不安定だし荒縄が肩に食い込むし、薪が背中に直《じか》に当たり、痛くて困りました。そこで次の伐採薪運びの時、切り倒して枝を払った落葉松《からまつ》の切り口を鉈でちょっと丸みをつけるように削り、突端に荒物屋で買ってきた丸環付きのくさびを打ち込み、その環に縄を通して二人で丸太のまま引き下ろしました。確か一本が六〜七メートルかそれ以上あり、背負うと優に四〜五人分の量でした。しかも背負うよりはるかに楽だったので、地元の子たちも、皆真似るようになりました。

「ソカイッ子は、力はないが、頭が良い」ということになり、以後ちょっと居心地がよくなりました。

初めての作業で忘れられないのは、地元の子たちは皆弁当、水筒の他に「おこじょ袋」を持っていたことです。「おこじょ」とはこの地方で野外作業の時の、午前と午後の「おやつ」のことです。大体が拳大《こぶしだい》の巾着《きんちゃく》状の布袋で、腰のバンドにくくり付けていました。

中身は、煎豆、あられ、乾燥芋、しみ餅などいろいろでした。

午前十時の休憩の時、めいめい袋を開けて食べるのです。

私たち「ソカイッ子」は「おこじょ袋」を持っていません。物欲しそうに思われるのが嫌で休憩の場からそっと離れました。

作業が始まり、また三時の休憩になりました。私たちはオコジョがわかっていたのでさりげなく皆から離れて休憩していました。

しばらくするとＳ・Ｉが私たちを呼びます、行くと、私たち四人に泥だらけの手で一握りずつ「食え」と言っておこじょをくれました。

Ｓ・Ｉは体も大きく力持ちで、クラス一の腕白・餓鬼《がき》大将でした。

十時の私たちを見ていたＳ・Ｉが三時の休憩の時、全員のオコジョを提出させて私たちの分まで分配してくれたのです。

「ソカイッ子」と私たちを呼び始めたのはＳ・Ｉでしたが、私は餓鬼大将Ｓ・Ｉの優しさに涙が出そうになったのを、今でも覚えています。

次の野外作業の時からは、誰がどう作ってくれたのか、四人に中身の入ったおこじょ袋が渡されるようになりました。きっと地元の先生で担任だった新谷先生が計らってくれたのだと思います。本当に嬉しかったのでよく覚えています。

S・Iと私はすぐ意気投合して、よく川や野山を駆け巡って遊びました。

高い樹に登って取ったギャアギャア（ムクドリ）の卵が綺麗な緑色だったこと、取った卵は割らないよう口にそっと含んで樹を降りること。蛇や蛙の捕らえ方、アメノウオ（やまめ）の手摑み、かいぼり、地蜂、ザザムシ取り、落葉松の若い枝の皮を剝《む》いて出る樹液が甘いこと、山で喉が乾いたら山ツツジの花びらを食べると良いこと——などなど、短い間にみんな彼から教わりました。

伊那で忘れられないのはもう一つ、慶道《けいどう》さんとの出会いです。

慶道さんは常円寺の若い尼さんで、私たちの食事を作ってくれていました。いつも明るくて、誰にも優しい慶道さんを皆お姉さんのように慕っていました。

自由時間、慶道さんの働いている庫裏《くり》には必ず何人もの女子や低学年の子がいて、慶道さんの仕事を手伝ったり、お話をしてもらったり、まとわりついたりしていました。

私やSは六年生だったので、慶道さんと一緒に晴れていればよく摘み草に行きました。

伊那に行ってからは食事はいくらか良くなりましたが、それでも食べられるものは、何でも食べました。

また配給の食料や薪を運ぶリヤカーを引いたり、檀家から頂いた食料を運んだり、水汲みや薪割りを喜んで手伝いました。

それは子供心にも慶道さんが、私たちを食べさせるために、本当に一生懸命だったことを、よく知っていたからです。

いくらか伊那の生活に慣れてきた五月二十七日、突然、家から使いの者が来て「お祖父《じい》ちゃんの病気が悪いので帰るように」とのことでした。その時は、まだ二十五日の大空襲で三宿の学校も町も大方焼けてしまったことは知りませんでした。

二十八日の朝食後、皆が登校した後、校長と慶道さん、寮母さんに見送られ私は「行ってきます」と挨拶してお寺を後にしました。見舞いが済んだら当然戻ってくる——と思っていたので、S・Iにも仲間の誰にも挨拶はしませんでした。

辰野からは夜行に乗り、明け方新宿駅に着きました。列車の中のことは何も覚えていません。

私の家は三宿一丁目で「三宿・池尻」交差点の約百メートル西にありましたが、池尻の電車通りから焼け残った私の家の三階建ての工場が見えました。東側は池尻からほとんど焼け野原で、火災は私の家の所で止まっていました。

南側も三宿校を焼いた火災が私の家の所で止まっていました。

空襲から三日も経っているのに、まだ煙が出ている所がありました。

あれほど帰りたかった家なのに、初め何となく違和感があったのは何だったのでしょうか。

二日ほど後、祖父の見舞いに行きました。

私の祖父母、戦争で夫を亡くした叔母と二人の従兄弟、私の弟三人と妹の計九人は現在の稲城市坂浜という所に家を借りて疎開していたのですが、二十五日の空襲で家は焼夷弾の直撃を受けて全焼してしまったのでした。

近くの農家の一室に仮住まいをしていた祖父を見舞うと、待ち兼ねていた祖父は、濡れ縁から裸足で飛び下りてきて私を抱きしめました。

祖父は病気ではありませんでした。

後で聞いた話ですが、疎開先の家を焼夷弾の直撃で焼かれた祖父母はこの戦争にすっかり見切りをつけ、「死なば諸共《もろとも》」と、私を即刻呼び戻すよう父に頼んだようなのです。

ですから初めから私を伊那に戻す予定はなかったのです。

私も戻りたいとは言い出しませんでした。

私はいつも一緒だった伊那のＳ・Ｉにも、仲間にも、地元のＳにも挨拶もしないで伊那を発ちました。結果として集団疎開から一人先に帰ったかたちに、ずーっと負い目を感じていました。

この気持ちは敗戦の二か月後に学童疎開から帰ってきた仲間と学校で会うまで続きました。

私の学童疎開は一応、二十年五月二十八日に終わりました。

Ｓの日記はまだ続きます。
六、七月の日記には雨と日曜日を除いて薪運びが十四日、農作業が十三日記録されています。伐採林も農場も将棊頭山《しょうぎかしらやま》から木曾駒ヶ岳に登る登山道の一つ小《お》黒川《ぐろがわ》沿いにありました。学校から五～六キロメートルはあったと思います。
植林地の落葉松を伐採し薪用に学校まで運びました。樹を切ったあと、枝葉を焼いてから開墾して農場にしました。この農場を「小黒農場」と呼んでいました。

「Sの日記」

八月十四日　晴　雨

今日は男子だけ小黒農場へそばまきにいった。

八月十五日　晴

天皇陛下、お自ら勅語をおよみになるラジオをきいた。

※筆者注・米英支ソに対し降伏する

十六日　晴

今日はべつに用はなかった二時間勉強してあとは、うら山であそんだ。

【朝日の紙面から】

●六月十日　一面
「本土上陸作戦近し」
――陸相、情勢逼迫を説明――

●同日　二面
――男一五歳、女は十七歳から――
「ともに義勇兵に服役」――本土決戦に則する新法案――

●六月二十一日　一面
「B29の中小都市攻撃激化」

●六月二十六日　一面
――沖縄上陸の主力戦最終段階――、「二十日敵主力に対し全員最後の攻撃」

●七月四日　一面

「主食糧一割減」

――十一日から実施、大都市は一ヵ月遅れ――

●七月十一日　一面

「再編の機動部隊近接す」――艦上機八百機関東全域へ波状攻撃――

●七月二十五日　一面

「二千機西日本に大挙来襲」――機動部隊と策応しB29六百、大阪中京へ――

●八月一日　二面

――残留校長も地方へ――「疎開学寮中心に」――学童疎開を恒久化――

●八月八日　一面

「広島へ敵新型爆弾」――B29少数機で来襲攻撃、相当の被害、詳細は目下調査中

――

●八月十日　一面

「ソ聯対日宣戦を布告」——東西から国境を侵犯、満州国内へ攻撃開始——

●八月十二日　一面

「長崎に新型爆弾」

●八月十五日　一面

「戦争終結の大詔渙発《かんぱつ》さる」——新型爆弾の惨害に大御心——「帝国、四国宣言を受諾」——畏し、万世の為太平を開く——

●八月十七日　二面

「学童は当分疎開地で教育」

●八月三十一日　二面

「マッカァーサー元帥到着」——厚木着陸、主力と共に横浜入り——

Sの日記を読む限り、戦争が終わったからといって生活が変わったという様子は全く見られません。夏休みの学校で勅語の奉読式まで行っています。ただ一つ、大きく変わったのは保護者が迎えに来れば帰宅が自由になった点です。

Sも九月十日にお父さんが迎えに来て、戦死した叔父さんの葬儀に参列するため、甲府市に出向いています。

一週間ほど甲府にいて東京の家（Sの家は五月に罹災したので小田急・鶴川の仮住まい）に帰ります。

十月一日に伊那に帰るまでに姉さんと三回も銀座に遊びに行っています。

伊那に帰って相変わらず雨なら学校、晴れれば農作業の生活が続きます。

十月十四日　晴

今日、ほんとは学校作業であったが帰京する支たくをした。

十月十七日　晴

今日はいよいよ帰京する日が来た、午後三時半に飯田線にのって辰野へ来て汽車の四時ごろのに乗って来た。

うれしくてねむれなかった。ついたのが夜の十一時ごろであった。先生から話をきいて、かんばんと柿をもらった。

つるかわのうちへかへれないのでおばあさんの家（池尻）へとまった。

十月十八日　晴　午後曇　雨。

ここでSの日記は終わり、Sの疎開も一応、終わりました。

Sの疎開中の日記には、全体を通して喜怒哀楽の感情表現が全くありません。

Sは最後の日記に一行「うれしくってねむれなかった」と書きました。

私は、Sの日記を初めて読み、最終日のこの一行に出会った時、Sにとっての一年二か月の学童疎開が、この一言に凝縮されていると思いました。

Ｓの喜びがよくわかりました。

Ｓたちが第一次帰還で九十三名、十一月六日第二次帰還六十九名、十一月九日第三次帰還六十名、計二百二十二名の学童と十九名の先生方が帰って三宿小学校の学童疎開は終わりました。

私たちは昭和二十一年三月、焼けたままの三宿小学校の校庭で、立ったままの青空卒業式を行いました。

確か疎開に行く前、十九年の一学期に五年生は五組、二百六十人いたのに、卒業生は三組百五十九名でした。

わずか二年足らずの間に、百名の同級生とその家族がいなくなっていました。

【疎開その後】

私は、高校二年（昭和二十六年）の正月休みに一人で疎開の跡を訪ねました。暮れの大晦日と、明けた昭和二十六年元旦、湯の原温泉の「すぎもと」に泊まりました。

「すぎもと」は全く変わっていませんでした。当時の学童が使用していなかった新館の部屋に案内されたので、係の女性に学童疎開でお世話になった者と名乗り、もしお客がいないようなら旧館二階の広間を見せてほしいと頼みました。間もなく主人夫妻が部屋まで来てくれました。その折のお礼と悪戯でさんざんご迷惑をお掛けしたお詫びを申しました。

疎開学童で戦後、訪れてくれたのは私が初めてだと大変喜んでくれました。先生方の消息やら当時の思い出で話が弾みました。

正月のことで、旧館にはほとんどお客がいないので懐かしい部屋をあちこち見せてもらいました。

元旦は御殿山に登ったり、湯の原周辺をあちこち歩いて終わりました。

二日は、松本市内を散策したあと伊那に向かいました。

常円寺に慶道さんを訪ねると、慶道さんは去年の春、常円寺から独立して今は飯田市の時又《ときまた》で庵主さんになっているとのことでした。午後そんなに遅い時間ではなかったのですが、明日案内してあげるから、今日は泊まりなさいと言われ、明日出直すと固辞したのですが結局泊めていただきました。

翌日、若住職さんに二時間もかかるところを送っていただきました。

庵というのでもっと草深いものかと想像していましたが、小さいながら立派なお寺でした。

慶道さんはぜんぜん変わりなく、明るく元気でした。そしてとても喜んでくれました。お寺には作法見習いの若い女性が住み込んでいたり、夜になると毎晩のように、近所の若い男女が何人か集まってきて、お茶を飲みながらいろいろな話題で盛り上がりました。

若い男女がお寺の慶道さんの所に集まってくるのには訳がありました。

慶道さんは着任した年の六月から農繁期の間、お寺で無料の保育所を開いたのです。

それはお寺の周辺の若いお母さんたちの、朝暗いうちから夜暗くなるまでの農作業、その間に育児と家事という過酷な生活を少しでも手助けしたいという慶道さんの願いからでした。

慶道さんは疎開学童の私たちにも「お寺さんは、仏さんを大事にするけど、生きている人も大事にせなあかんのよ」とよく言っていましたから、その考えを実行したのだと思います。

伊那地方は当時、青年団や生活改善運動などが盛んな所でしたから、慶道さんの農村の若いお母さんや子供に対する考え方や、姿勢が若い人たちの共感を呼び、自然に若者たちが集まるようになったのだと思います。

一別以来の、だれかれの消息やら積もる話は尽きないで正月休みはアッという間に終わりました。

その年の、たしか四月だったと思いましたが、所用で上京された慶道さんを迎え、一夕「慶道さんを囲む会」を持つことができました。急な話だったので連絡がついた者だけで、たしか二十数名が集まりました。

これを契機に当時の学童と慶道さんのお付き合いが再開して、今日に至っています。

その後、慶道さんは保母の資格を取り、保育園を開設しました。現在、八十を過ぎたお歳で、保育園こそ後進に譲りましたが、今も大変お元気に現役の庵主さんを務めておいでです。

【疎開で学んだもの】

私は、疎開から東京に帰った日をもって「私の疎開は一応終わった」と書きました。

「一応」と書いたのは、私にとって学童疎開はまだ終わっていない、ということなのです。

私が疎開から学んだものを一言でいえば、「戦争は、絶対してはいけない」ということです。

戦争なるがゆえの不幸な学童疎開でした。

家族、家から遠く離れた悲しさに加えて、食糧難、飢えでした。

そして、何よりも不安だったのは、子供心にも戦況がますます悪くなっていき、いつ帰れるかわからない不安でした。

しかし、子供たちはそういう極限状態ともいえる中で、自分たちの力で食糧を探し、その食糧探しを、楽しみや遊びにまで昇華させてしまう強《したた》かさを持っていたと思います。

遊び道具といったら一個の野球ボールもありませんでした。

寂しさや空腹を紛らわせるためだったかもしれませんが、本当によく遊びました。

学童疎開は思い出すのも嫌だと言う人もいます。

しかし私個人としては、学童疎開から物の考え方、生き方、趣味にいたるまで、かけがえのない、大きな影響を受けたと思っています。そのことでちょっと悩んだこともありました。

それは私が「学童疎開は貴重な体験であった」と言うと、戦争・学童疎開＝良い体験と、学童疎開肯定から、戦争肯定論まで短絡的に解釈する人がいることでした。

「今時の若者はだめだ、もっと厳しい管理を」という思考は、戦後一貫してあったもので、ごく最近もどこぞの知事が、最近の若者を「軍隊に替わる、それが社会奉仕でもいいから規律の厳しい組織をつくって、そこで二年程、鍛えたら――」と語っていました。

私が「学童疎開は貴重な体験であった」と言うのは、家恋しさ、空腹、不安、規則、管理の生活に耐え、負けなかったこと。豊かな自然から、文字通り多くの糧を恵まれ、多くのことを学べたこと。それに人の優しさに触れられたことです。これは規律と管理を強め、一定の枠の中に人間を無理に押し込もうという、昨今の風潮とは全く逆のことなのです。

教育が大切だと思います。この「三宿小学校の学童疎開」の始めのほうに、Sの手紙の下書きを紹介しました。小学校五年生の手紙です。教育の恐ろしさを痛感します。

——戦火が世界中から消え、世界中の人々が、最低限、健康を維持するに足る清潔な水と食糧を保障される。

それから世界中で地球と全人類のためになる教育が、あまねく、正しく行われるようになれば——というのが学童疎開を経験した私のささやかな願いです。

私は、今年から後期高齢者の仲間入りをします。健康に留意し、政府の期待に反して長生きをして、これからも平和を願い、そのために少しは働き、これも疎開が原点で六十年近く続けている山登り（最近は丘登り）を少しでも永く続けたいと思っています。

〈二〇〇八年執筆〉

著者プロフィール

川原 基尚（かわはら もとなお）

1933年　神奈川県川崎市生まれ。
1952年　東京都立青山高校卒業。
1954年　株式会社朝日新聞社東京本社入社。
　　　　複数の職場を歴任。朝日労組書記長を務める。
1992年　新聞輸送株式会社出向、代表取締役社長。
1993年　株式会社朝日新聞社東京本社退職。
1998年　新聞輸送株式会社代表取締役社長退任。
2002年　同社のすべての役職を退任。
2022年　８月20日死去。享年89歳。
趣味は登山、渓流釣り。

川原 芳子（かわはら よしこ）

1944年　神奈川県横浜市生まれ。
1963年　神奈川県立横浜平沼高校卒業。
1969年　人形劇団ひとみ座入団、企画制作を担当。
1977年　株式会社セキヤクリエイティブ代表取締役社長。
　　　　からくり展、世界の名作童話展、遊びの博物館等の企画制作。
2004年　同社退任。現在、東京都在住。
趣味は狂言（和泉流）、園芸。

僕の戦争／三宿小学校の学童疎開

2023年１月15日　初版第１刷発行

著　者　川原 基尚・川原 芳子
発行者　瓜谷 綱延
発行所　株式会社文芸社
〒160-0022　東京都新宿区新宿1－10－1
電話　03-5369-3060（代表）
03-5369-2299（販売）

印刷所　図書印刷株式会社

©KAWAHARA Yoshiko 2023 Printed in Japan
乱丁本・落丁本はお手数ですが小社販売部宛にお送りください。

送料小社負担にてお取り替えいたします。

本書の一部、あるいは全部を無断で複写・複製・転載・放映、データ配信することは、法律で認められた場合を除き、著作権の侵害となります。

ISBN978-4-286-27002-9